엣눈북스

양봉곰 루미르

꿀의 모든 것

아네타 프란티슈카 홀라소바

Original title: Lumír včelaří
by Aneta Františka Holasová
Copyright © 2013 Labyrint, Praha
Text & Illustrations copyright @ 2013 Aneta Františka Holasová

이야기를 시작하며

루미르는 양봉을 하는 곰이에요. 항상 정성을 다해 꿀벌을 돌보죠. 어쩌다가 양봉을 하게 되었냐고요?
루미르는 다른 아기곰들처럼 말썽도 부리면서 걱정 없이 행복한 어린 시절을 보냈어요.
학교에 가는 것보다 들판을 마구 달리고 숲속에서 여기저기 새총을 쏘며 뛰어노는 것을 더 좋아했죠.
그러던 어느 날 할아버지께서 물려주신 꿀벌을 받아 자신도 양봉을 하겠다고 마음먹게 된 거예요
처음부터 양봉이 쉽지는 않았어요. 꿀벌들과 친해지는 데는 시간이 걸리거든요.
하지만 여러 해가 지난 지금 루미르는 어느덧 노련한 양봉곰이 되었답니다.
루미르는 할머니와 함께 일을 해요. 할머니는 다정하고 차분하고 꿀벌처럼 부지런한 분이시랍니다.

꿀벌과 비슷하게 생긴 곤충들

유럽 말벌 나방

말벌

땅벌

꽃등에

파리

등에

호박벌

여왕벌

일벌

수벌

일벌

여왕벌이 낳은 유정란에서 일벌이 태어나 벌방 밖으로 나오기까지는 21일이 걸려요.
벌집 안에 생존에 필요한 꿀과 꽃가루를 항상 넉넉히 마련해 두려면 일벌의 수도 일정하게
유지해야 해요. 일벌은 40일 정도 살지만, 그 시간 안에 아주 많은 일을 해낸답니다.
벌집 청소하기, 알들의 온도 유지하기, 애벌레에게 먹이 주기, 꿀과 꽃가루 채집해 오기,
꽃가루를 벌방에 넣어 보관하기, 벌집을 짓거나 수리하기, 벌집 앞에서 보초 서기.
이 모든 일을 해내고서 40일이라는 짧은 생을 마감해요.

일벌의 부화 과정

여왕벌이 길이 1.5mm의 투명한 알을 벌방 바닥에 세로로 낳는다.

알이 서서히 옆으로 눕는다.

벌방 바닥에 알이 완전히 눕고, 안에서 애벌레가 자라기 시작한다.

애벌레는 더 자라 벌방 바닥을 메우고 머리와 꼬리가 닿도록 몸을 둥글게 만다.

애벌레는 로열젤리에 꿀, 꽃가루, 물을 섞은 먹이를 먹으며 자란다.

일벌이 벌방 입구를 닫는다. 애벌레는 머리를 입구 쪽으로 두고 눕는다.

애벌레는 번데기가 되어, 먹지도 움직이지도 않는 시간을 보낸다.

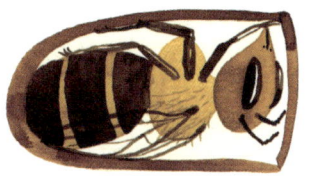

번데기의 성장이 끝난다.

21일째가 되면 허물을 벗고 성충이 된다.

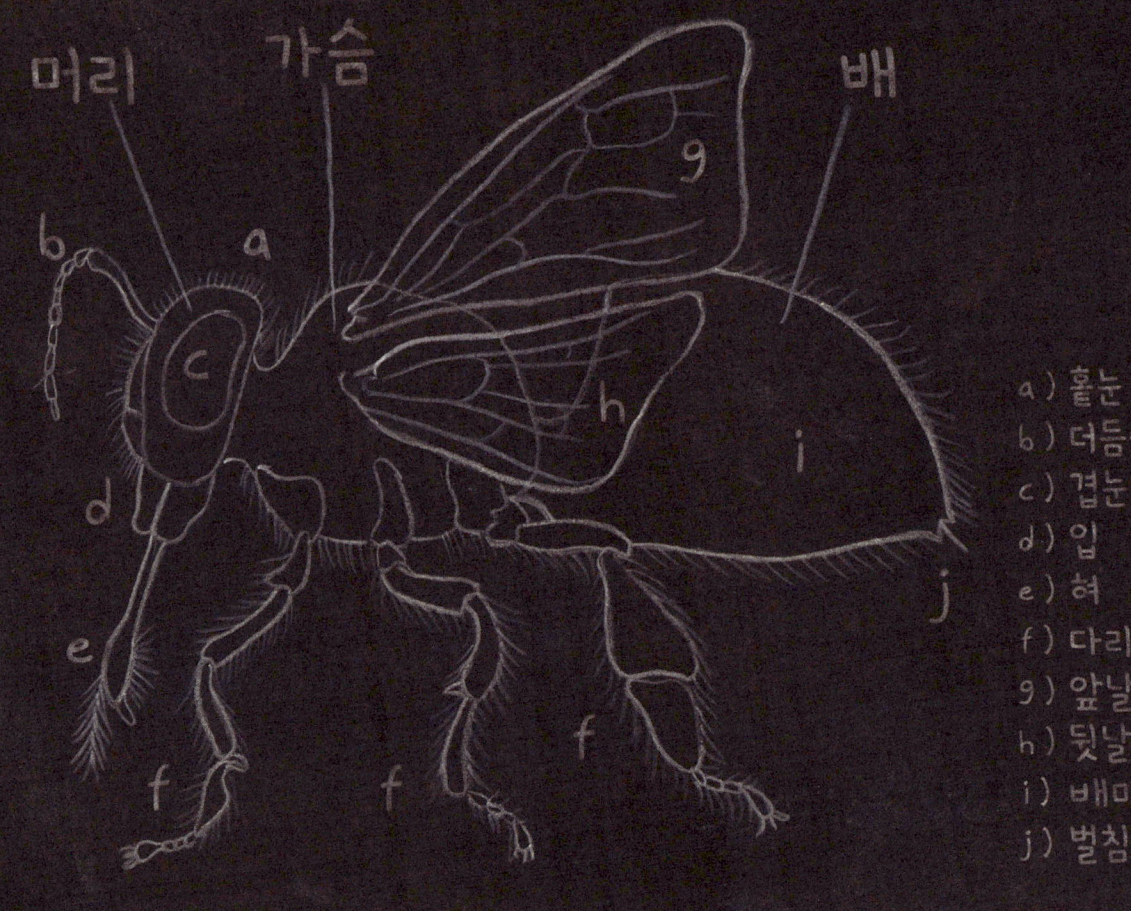

꿀벌의 신체 구조

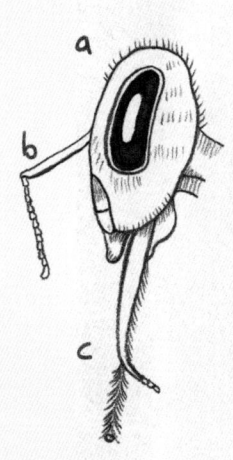

머리
a) 눈
b) 더듬이
c) 구강 기관

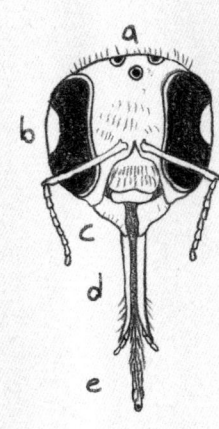

a) 홑눈. 머리 중앙에 3개의 작은 눈이 삼각형을 이루고 있다. 빛의 변화를 포착해 방향을 찾을 수 있게 한다.
b) 큰 겹눈 두 개는 각각 수천 개의 낱눈으로 이루어져 있으며, 모양, 색상, 움직임, 거리 등을 감지한다.
c) 큰 턱과 작은 턱으로 밀랍, 꽃가루, 프로폴리스 등을 가공하거나 씹는 역할을 한다.
d) 아랫입술 수염
e) 꿀을 빨아들이는 역할을 하는 혀. 길이는 약 5~7mm이다.

앞다리
a) 다리에 난 털로 더듬이를 닦는다.

가운뎃다리
a) 며느리발톱
b) 꽃가루 솔
c) 발톱

뒷다리
a) 빗돌기
b) 꽃가루 솔
c) 꽃가루 압착기

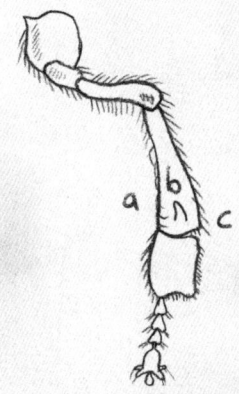

일벌의 일생

생후 1~2일. 벌방 청소, 알들의 온도 유지하기

생후 3~10일. 애벌레 먹이 주기

생후 6~12일. 벌집 청소 및 다른 꿀벌들 씻기기

생후 10~15일. 다른 벌들이 채집해 온 꿀을 받아 가공하거나

벌방에 꽃가루 채우기

생후 12~18일. 벌집 짓기

생후 15일 이후. 벌집 밖으로 날아가 주변 정찰하기

생후 17~19일. 벌집 앞에서 보초 서기

생후 20~40일. 꽃가루와 꿀 채집하기

생후 약 40일이 되면
생을 마감한다.

수벌의 부화 과정

여왕벌이 벌방 바닥에 알을 낳는다.

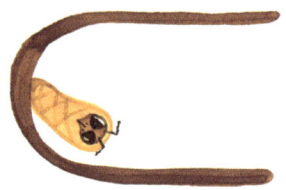

알이 서서히 옆으로 눕는다.

알이 벌방 바닥에 완전히 눕는다.

알에서 애벌레가 부화하면 일벌들이 로열젤리를 먹인다.

애벌레는 더 자라 벌방 바닥을 메우고 머리와 꼬리가 닿도록 몸을 둥글게 만다.

애벌레의 성장이 끝나면 일벌이 벌방 입구를 막는다.

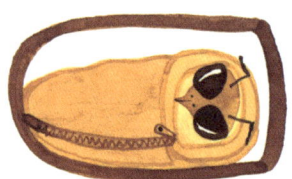

애벌레는 번데기가 되어, 먹지도 움직이지도 않는 시간을 보낸다.

번데기의 성장이 끝난다.

24일째가 되면 변태가 끝나고 벌방을 나와 일벌에게서 먹이를 구한다.

수벌

수벌은 여왕벌이 낳은 무정란에서 태어난 수컷 벌이에요.
수벌이 알에서 부화해 변태를 끝내고 성충이 되기까지는 24일이 걸린답니다.
벌집 내 개체 수를 유지하기 위해 여왕벌과 교미하여 정자를 전달하는 것이
수벌이 존재하는 유일한 이유예요.
수벌은 교미가 끝남과 동시에 수명이 다한다고 해요.

수벌

머리　　가슴　　　　　배

a) 홑눈
b) 겹눈
c) 더듬이
d) 혀
e) 앞날개
f) 다리
g) 배마디
h) 생식기

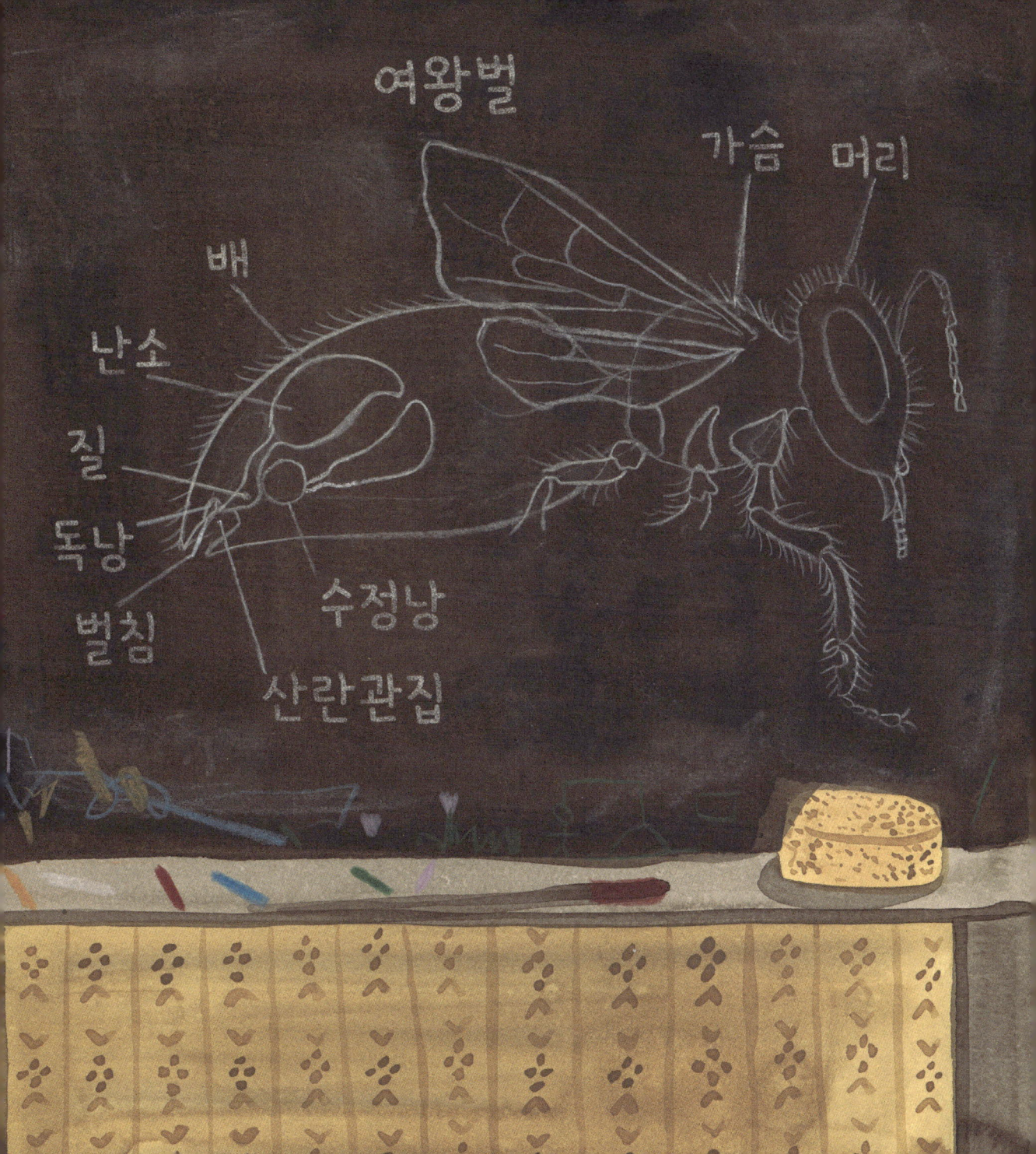

여왕벌

여왕벌은 유정란에서 태어나요.
여왕벌은 일벌들이 여왕벌만을 위해 만들어 둔 벌방인 왕대에서 부화해, 번데기가 되는 순간까지 로열젤리만 먹으며 자라요. 알에서 성충이 되기까지는 15일이 걸린답니다.
여왕벌의 역할은 알을 낳아 벌집 내에 일벌과 수벌의 수가 항상 적당히 유지되도록 하는 것이에요. 새 여왕벌이 부화를 끝내고 벌방을 나오면 이전의 여왕벌을 대신하게 되어요.
갓 태어난 여왕벌이 처음 날아오르는 것을 처녀비행이라고 하는데, 이때 여왕벌은 벌집 밖에 수벌들이 모여있는 장소로 날아가 교미를 해요.
여왕벌은 수벌에게 받은 정자를 정낭에 넣고 벌집으로 돌아와요. 이때 받은 정자는 여왕벌의 수명이 끝날 때까지 정낭에 남아있기 때문에 여왕벌은 교미 후 계속해서 알을 낳아 개체 수를 유지할 수 있답니다.

여왕벌의 부화 과정

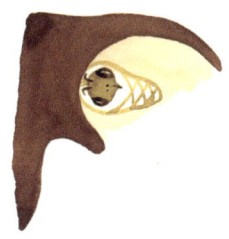

다른 벌과 마찬가지로
벌방 바닥에 알이 놓인다.

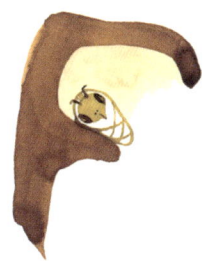

알이 서서히 벌방의
가장자리로 눕는다.

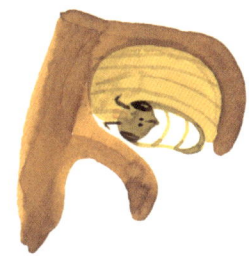

알에서 애벌레가 부화하면 일벌들은
로열젤리를 먹이고 왕대를 마저 짓는다.

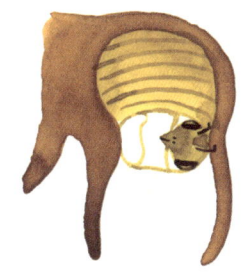

일벌이 주는 먹이를 먹으며 벌방 바닥을
메울 때까지 통통하게 성장한다.

일벌이 왕대를 완성한다.

애벌레의 성장이 끝나면
일벌이 왕대 입구를 닫는다.

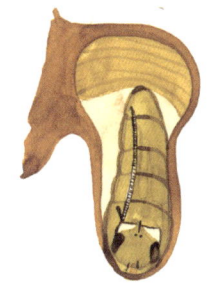

애벌레는 번데기가 되어, 먹지도
움직이지도 않으며 성충이 되길 기다린다.

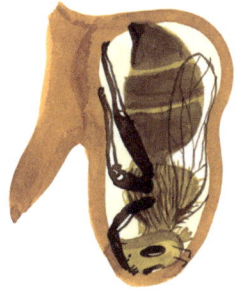

번데기 성장이 끝난다.

15일째가 되면 성충이 된
여왕벌이 벌방을 나온다.

벌통의 구조

야생의 꿀벌은 주로 나무에 난 구멍 속에 서식해요. 양봉을 시작하려면 먼저 벌들이 알을 낳고
꿀을 생산할 수 있도록 인공적으로 벌통을 만들어 주어야 한답니다.

a) 단상
벌통의 기본으로 여왕벌이 알을 낳는 곳이다.

b) 계상
꿀을 저장하는 벌통으로 사용된다.

c) 벌통 입구
벌들이 이곳으로 벌통에 출입한다.

d) 착륙판
벌통 입구에 놓인 작은 판으로 벌들이 이곳에 착륙한다.

벌집틀
널빤지 4장을 사각형으로 이어 만든 틀. 이곳에 벌들이 벌집을 지어요. 벌집틀의 소재는
다양하지만, 그중에서 보리수나무가 가장 제격이죠. 벌집틀은 벌통 안에 세로로 세워서 넣기
때문에 한 면은 조금 더 길게 만들어 벌통에 넣고 빼기 쉽게 한답니다.

간격자
벌통 안에 벌집틀을 너무 촘촘하게 넣어 두면 벌들이 그 사이를 자유롭게 돌아다닐 수 없어요.
그래서 벌집틀의 모서리마다 짧은 막대를 박아 벌들이 이동하기 쉽게 만들어요.

단상
벌통의 기본이 되는 단상은 알, 애벌레, 번데기가 자라는 곳이에요. 자세히 들여다보면 알과
애벌레가 있는 벌방은 열려 있고, 번데기가 있는 벌방은 입구가 닫혀 있는 것을 볼 수 있어요.

벌방
벌집 안에 있는 작은 육각형 하나하나를 벌방이라고 해요. 벌들이 꽃가루, 꽃물, 감로, 꿀 등을
저장하는 공간이자 벌의 부화도 이루어지는 공간이랍니다.

양봉복

루미르가 여러분을 위해 오랜만에 양봉복을 모두 갖춰 입었네요! 루미르는 두꺼운 가죽을 타고 난 양봉곰이라서 양봉복이 필요 없지만, 양봉을 처음 시작하는 사람이라면 작업하기 전에 이렇게 모두 갖춰 입는 게 좋아요.

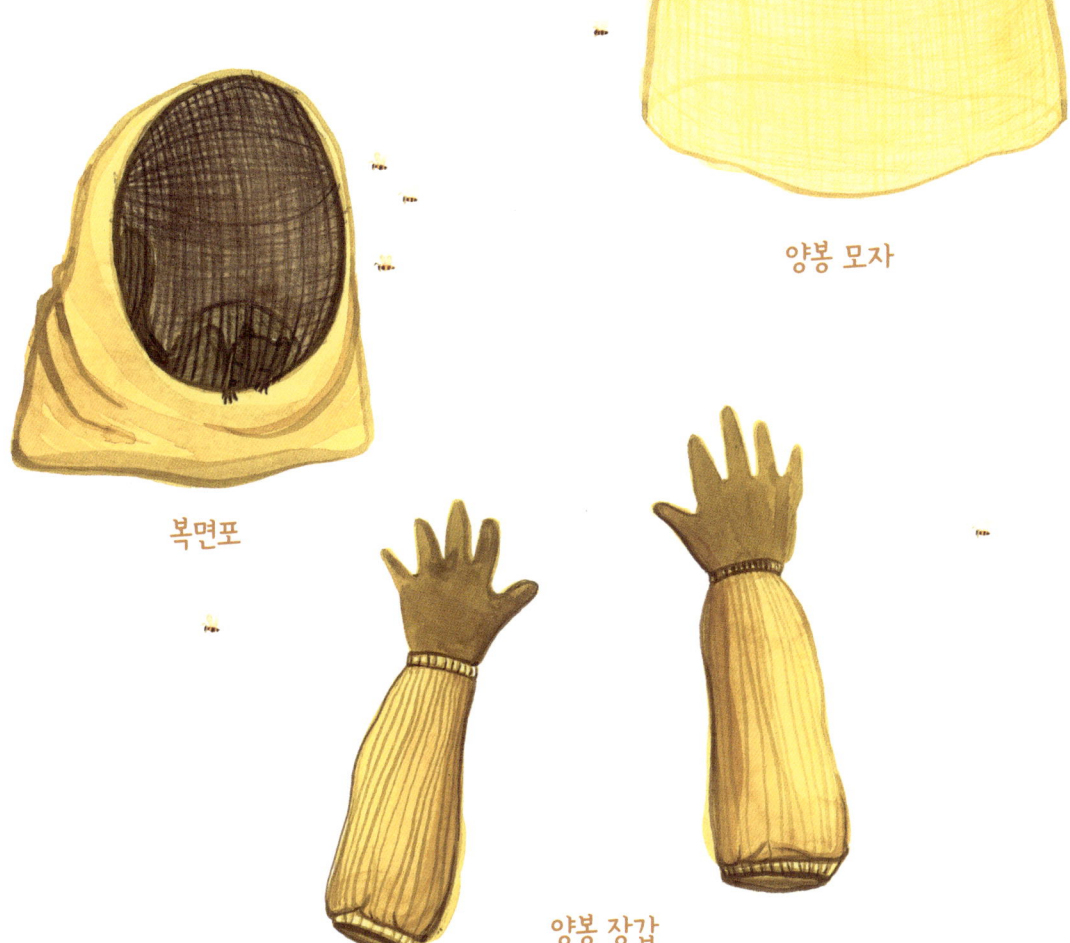

양봉 모자

복면포

양봉 장갑

꿀벌의 천적과 기생충의 종류

말벌　　　땅벌　　　개미　　　벌집나방

두꺼비　　　들쥐

벌통 준비하기

늦여름이 되면 루미르는 다음 해를 위해 벌통을 모두 가져와서 정리해요. 벌통 안쪽에 붙어 있는 오래된 밀랍과 프로폴리스를 꼼꼼하게 떼어 낸 다음, 쥐가 꼬이지 않게 건조한 창고에 보관해요.

벌집틀 보관하기

루미르는 벌집틀을 벌통에서 꺼내 창고에 잘 걸어 두고, 벌집 나방 유충이 벌집을 망가뜨리지 않게 꼼꼼하게 연기를 쐬어 준 다음 창고를 환기해요. 내년에 쓸 벌집틀은 이대로 겨우내 보관해 둬요.

밀랍판
꿀벌이 벌집을 짓는 토대가 되어 줄 얇게 누른 밀랍

벌집
벌이 밀랍으로 지어낸 것

벌방

저밀한 벌집틀
꿀과 꽃가루가 가득 저장된 벌집

빈 벌집틀
꿀 수확과 건조를 마친 빈 벌집틀

밀랍

밀랍은 일벌의 몸속에서 꿀과 꽃가루로 만들어져요. 일벌의 배 아래에 있는 분비샘에서 배출되는 밀랍은 약 0.5mm의 작은 비늘 모양을 띄고 있어요. 일벌은 이 밀랍 조각을 몸에서 떼어 내 턱으로 씹는답니다. 이 과정에서 타액과 약간의 열이 가해져 말랑해진 밀랍으로 벌집을 지어요.

루미르는 태양열을 사용하는 기구로 밀랍을 녹여요. 기구에 밀랍을 넣고 기다리면 준비해 둔 틀 위로 밀랍이 녹아 흘러요. 그럼 루미르는 틀을 선선한 곳으로 가져가 굳힌 다음, 밀랍을 세척하는 곳에 보내요. 깨끗한 밀랍을 돌려받아 벌집틀에 끼울 밀랍판을 만들어 사용해요.

향초 만들기

할머니는 밀랍판으로 향초를 만드세요. 드라이기로 밀랍판에 열을 가해 모양을 잡기 쉽게 만든 다음 심지를 가장자리에 놓고 돌돌 말면 간단하게 향초를 만들 수 있어요.

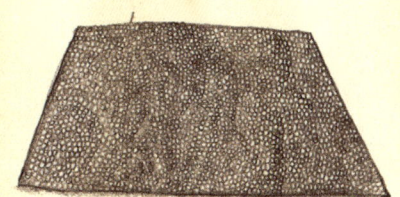
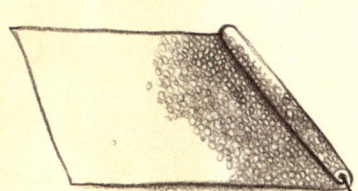

프로폴리스, 벌풀이라고도 불러요!

식물 중에는 끈적한 진액을 만들어 내는 것들이 있어요. 꿀벌이 이 진액을 모아 자신의 분비물과 섞어 만든 것을 프로폴리스라고 불러요. 프로폴리스의 색깔은 연노랑에서 어두운 갈색까지 매우 다양해요. 꿀벌은 프로폴리스를 벌집에 난 구멍이나 금을 메우고, 벌집 입구를 좁히거나 벌방을 보강하는 데 써요. 프로폴리스에는 살균 효과가 있어 벌집을 위생적으로 유지하는 역할도 한답니다. 예를 들어 벌들은 벌집을 건드린 쥐를 공격해 죽일 수는 있지만 자기보다 몸집이 큰 쥐의 사체를 벌집 밖으로 옮길 힘은 없어요. 이때 사체가 부패하면서 벌집을 오염시킬 수 있기 때문에 살균 작용을 하는 프로폴리스로 사체를 감싸서 벌집을 오염으로부터 보호한답니다.

루미르가 벌통에서 프로폴리스를 긁어내 따로 모아 두면 할머니는 프로폴리스 팅크를 만드세요. 프로폴리스를 에탄올에 담가 만든 팅크는 티눈이나 입술 포진과 같은 피부염에 연고처럼 쓸 수 있어요.

프로폴리스 팅크 만들기

프로폴리스 100g을 60% 에탄올 1L와 섞은 뒤, 10일간 숙성시켜요.
이때 프로폴리스가 에탄올에 잘 녹을 수 있도록 하루에 한 번 병을 흔들어 섞어 줘야 해요.
10일이 지나면 용액을 거름종이에 걸러 불순물을 제거하고 소독한 병에 담으면 완성.

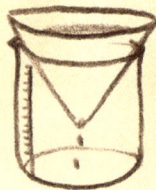

겨울맞이 먹이 주기

꿀 수확이 끝난 벌통 안에는 꿀벌들이 겨울을 나는 동안 필요한 먹이가 없기 때문에 꿀을 대신할 먹이를 넣어 줘야 해요.
그래서 루미르는 매년 가을이 돌아오면 설탕물을 넉넉히 준비해서 꿀벌에게 줍니다. 꿀벌이 배고파하지 않고 튼튼하게 겨울을 날 수 있게 늦어도 초겨울까지는 먹이 주는 작업을 끝내야 해요.

설탕물 만들기

꿀벌에게 줄 설탕물은 항상 할머니께서 만드세요.
준비한 병에 설탕과 물을 3:2로 섞은 다음, 설탕물을 쉽게
먹을 수 있도록 구멍을 뚫은 뚜껑으로 입구를 잘 닫아요.

꿀벌 소리 확인하기

꿀벌들이 겨울을 보내는 동안 루미르는 몇 번이고 살금살금 벌통에 찾아가 귀를 기울입니다. 벌통 속에서 벌들이 옹기종기 모여 포근하게 웅웅대는 소리를 확인하고 나서야 루미르는 안심하고 다시 집으로 돌아가요.

겨울 일과

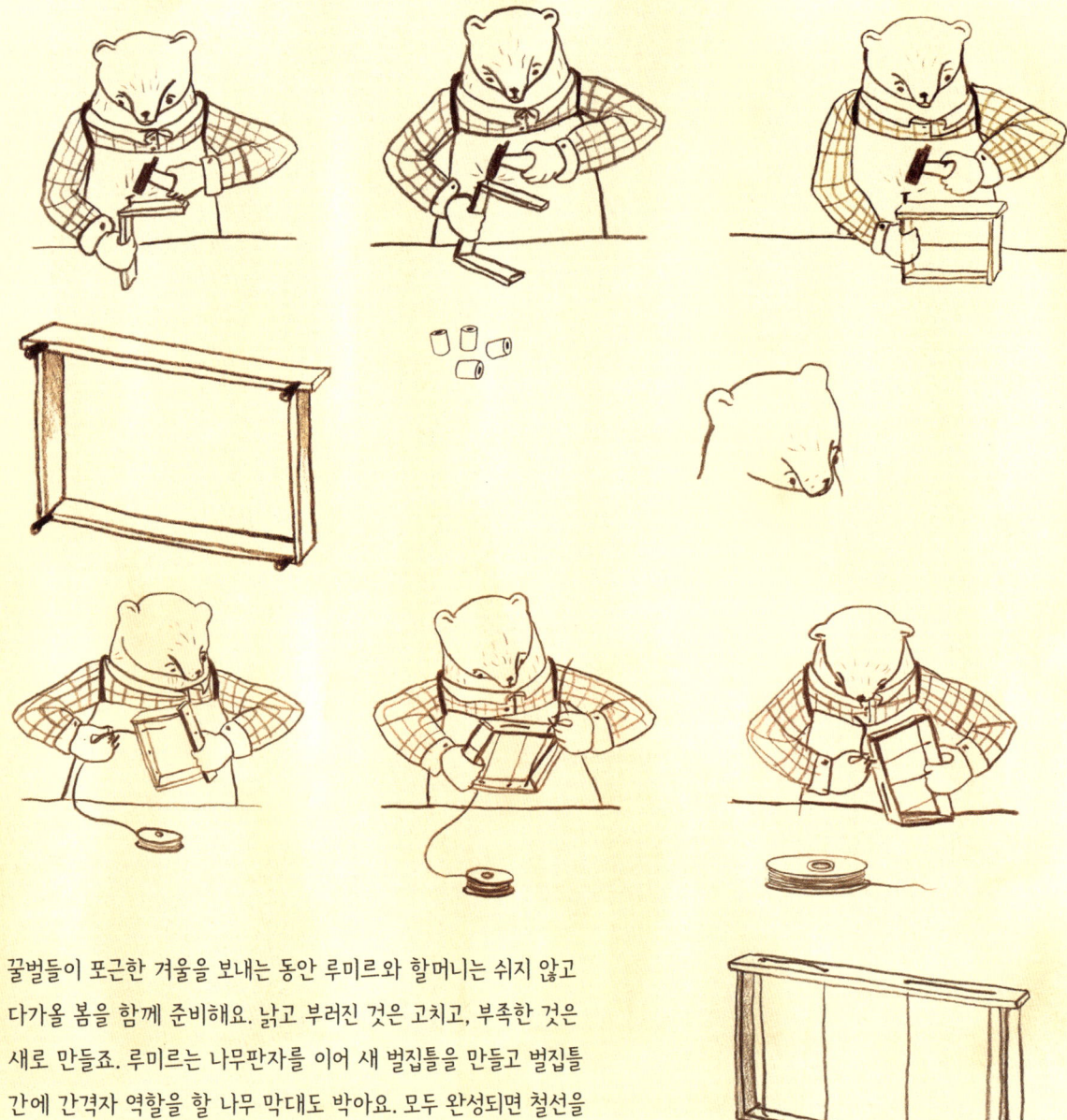

꿀벌들이 포근한 겨울을 보내는 동안 루미르와 할머니는 쉬지 않고 다가올 봄을 함께 준비해요. 낡고 부러진 것은 고치고, 부족한 것은 새로 만들죠. 루미르는 나무판자를 이어 새 벌집틀을 만들고 벌집틀 간에 간격자 역할을 할 나무 막대도 박아요. 모두 완성되면 철선을 끼웁니다.

루미르가 완성된 벌집틀을 할머니께 드리면, 할머니는 철선을 전기로 데워 그 위로 밀랍판을 밀어 넣어요. 이때 밀랍판을 너무 세게 밀어 넣으면 철선을 통과해 버리기 때문에 조심해서 천천히 작업해야 하죠. 이 작업까지 끝나면 할머니는 꿀벌에게 주었던 먹이통을 가져와 깨끗하게 씻고 뚜껑에 붙은 프로폴리스도 꼼꼼하게 떼어 내요.

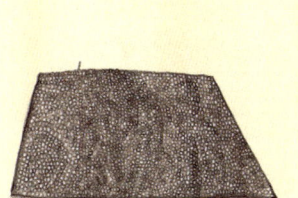

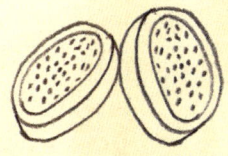
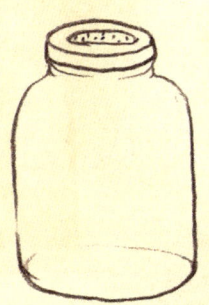

봄에 피는 꽃

구스베리꽃

사과꽃

개암나무꽃

설강화

사프란

은방울 수선화

노루귀꽃

아네모네

봄맞이 먹이 주기

꿀벌들의 월동이 끝나면 겨울이 오기 전 주었던 먹이도 다 떨어지기 때문에 한 번 더 먹이를 넣어 주어야 합니다. 이번엔 설탕물이 아니라 설탕과 꿀을 섞어 만든 반죽을 줄 거예요. 말랑하게 빚은 노란 꿀 반죽을 벌통 안에 넣어 두고, 벌통에서 조금 떨어진 곳에는 벌들이 목을 축일 수 있게 물도 놓아 줍니다.

벌통 중간 점검하기

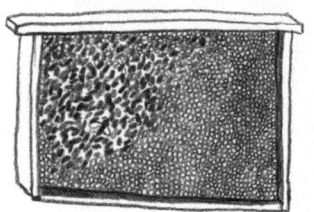

벌집이 완성된 벌집틀

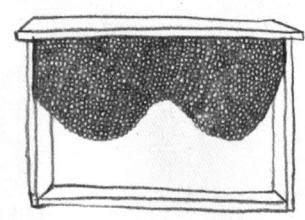

벌집이 아직 완성되지 않은 벌집틀

벌통 올리기

단상 안에 벌집틀들이 어느 정도 완성되었고 벌방마다 여왕벌이 낳아 둔 알도 보이네요. 꿀벌 수도 적당하고 다들 튼튼해 보이니 루미르도 이제 꿀을 모을 준비를 해요. 단상의 뚜껑을 연 다음, 여왕벌 가림판을 두고 그 위에 벌통을 하나 더 올려요. 가림판은 여왕벌이 위쪽 벌통으로 가서 알을 낳지 못하게 하는 역할을 한답니다. 그럼 위쪽 벌통에는 잘 익은 꿀만 모이게 됩니다.

분봉하기

벌집에 꿀벌의 수가 너무 많아지면 벌들은 무리를 두 개로 갈라 한쪽은 다른 곳으로 옮겨가는데, 이러한 본능을 분봉이라고 합니다. 벌들은 분봉이 필요하다고 느끼면 새 여왕벌을 길러 내요. 그동안 이전의 여왕벌이 일벌을 일부 데리고 나가거나, 새 여왕벌이 새로 태어난 일벌을 데리고 벌집을 나가요. 새로운 무리는 보통 떠나온 벌집에서 멀지 않은 곳에 자리를 잡기 때문에 루미르는 채집망을 들고 나가서 분봉한 무리를 데려와 새 벌통에 넣어 줍니다. 하지만 루미르는 규칙적으로 벌통 안에 벌의 수를 확인해 분봉이 일어나기 전에 벌들을 새 벌통으로 나누어줘요. 벌집 안에 먹이가 부족하면 분봉이 생기기도 해서, 먹이가 충분한지도 확인하고 보충해 줘야 해요.

여름에 피는 꽃

꿀 수확하기

꿀물을 만들어 유인한 곤충을 통해 꽃가루를 옮겨 수분하는 식물을 충매화라고 해요. 꿀벌은 식량으로 쓸 꿀물을 충매화에서 모아 와 수분을 증발시켜 끈적하게 만든 뒤 벌집에 보관하는데 이것이 바로 꿀이 되지요. 꿀의 색깔과 향은 벌들이 어떤 식물에서 꿀물을 모아 왔는지에 따라 달라져요. 꿀벌이 이렇게 저장해 둔 꿀을 수확하는 것을 채밀이라고 해요. 벌들은 벌방에 꿀을 저장한 뒤 입구를 얇은 밀랍막으로 막아 두기 때문에 루미르와 할머니는 가장 먼저 꿀칼로 벌집 앞뒤를 얇게 벗겨 냅니다. 꿀을 한 방울도 놓치지 않도록 양동이를 받쳐 두고, 벌집이 망가지지 않게 조심조심 작업해야 해요.

밀랍막을 깨끗하게 벗겨 낸 벌집틀을 채밀기에 넣고 손잡이를 돌리면 틀이 회전목마처럼 돌아가요. 이때 벌집 속 꿀이 빠져나와 채밀기 안쪽 벽에 튀어 아래쪽 양동이로 흘러 모입니다. 채밀기를 너무 빠르게 돌리면 벌집이 부서질 수 있으니 조심해야 해요. 벌집에서 꿀을 남김없이 빼내기 위해 채밀기를 반대 방향으로도 돌립니다. 양동이에 모인 꿀은 채망으로 걸러 불순물을 깨끗하게 제거한 뒤 병에 담고, 꿀을 모두 뺀 벌집틀까지 벌통에 다시 넣으면 드디어 채밀이 끝나요.

밀랍 껌

채밀이 끝나고 남은 벌집 조각은 할머니와 아기곰들과 나눠 먹어요. 벌집 한 조각을 입에 넣고 오물오물 씹으면 달콤하고 향기로운 꿀이 스며 나와요. 다 씹은 밀랍은 뱉어서 다른 밀랍과 함께 가공해요.

감로

감로는 식물의 잎 표면이나 가시에 맺혀있는 당분 함량이 높은 물질로 곤충이 분비샘에서 분비한 물질이에요. 벌들은 이 액체를 모아서 꿀로 바꾸는데 이것 또한 벌들에게 중요한 식량이 된답니다.

진딧물　　　　　　　감로　　　　　　　꿀벌

채밀 도구

a) 벌집의 밀랍막을 제거하는 꿀칼

b) 벌집에서 꿀을 긁어낼 스패츌러

c) 꿀을 담을 양동이

d) 꿀을 저장할 통

e) 채망

f) 벌집 받침대

g) 채밀기

잘 익은 꿀이 가득한 벌집틀을 채밀실로 가져가요.

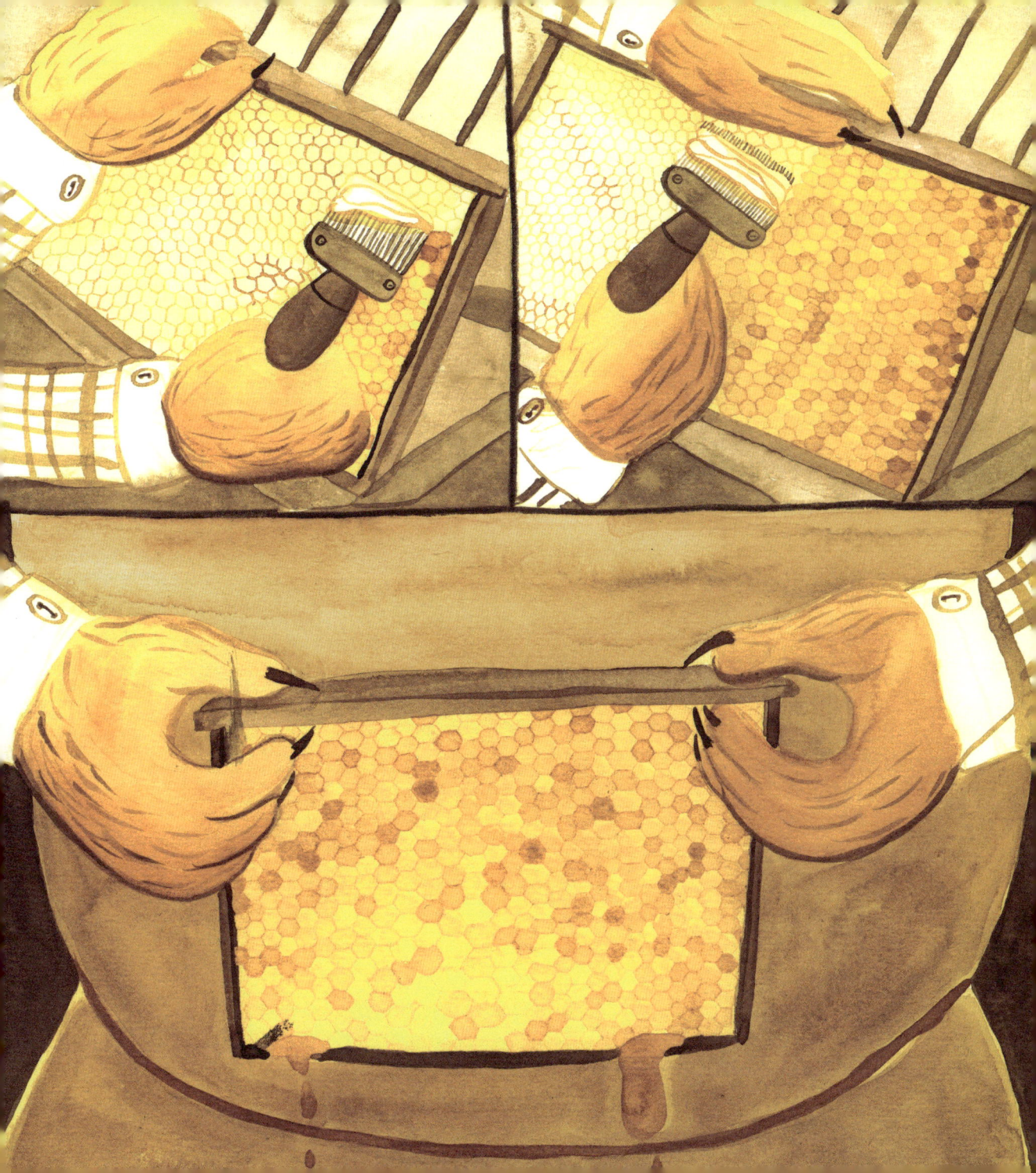

* 진저브레드 쿠키 만들기

재료: 꿀 1kg, 밀가루 1kg, 달걀노른자 4개, 베이킹소다 1 티스푼, 베이킹파우더 0.5 티스푼, 레몬 제스트 0.5 티스푼, 오렌지 제스트 0.5 티스푼, 소금 한 꼬집, 진저브레드 향신료 믹스

진저브레드 향신료 믹스는 사서 사용해도 상관없지만, 할머니는 신선한 향을 위해 항상 직접 만들어요.
(올스파이스 20알, 팔각 5~7개, 계핏가루 0.5 티스푼, 정향 10개, 생강가루 한 꼬집, 회향 1 티스푼, 아니스 1 티스푼)

꿀을 중탕으로 데워요. 따뜻해진 꿀에 밀가루를 섞은 뒤에 반죽을 식혀요. 식은 반죽에 나머지 재료를 모두 섞고 3시간 정도 냉장고에서 숙성해요. 조리대에 반죽이 들러붙을 수 있으니 밀가루를 뿌려 둬야 해요. 반죽을 꺼내 4mm 두께로 밀고 원하는 모양의 틀로 찍어 내요. 모양을 낸 반죽은 버터를 바른 팬에 올리고 위에 계란물을 발라요. 160도로 예열한 오븐에서 10분 정도, 먹음직한 갈색이 날 때까지 구워서 맛있게 먹어요!

감수자의 말

"도대체, 그 많던 벌들이 다 어디로 갔나?"

올해 초 전남 남부지역의 양봉 농가에 비상이 걸렸습니다. 벌통에서 겨울을 보내고 봄맞이를 준비해야 할 꿀벌 수백만 마리가 폐사하거나, 흔적도 없이 연기처럼 사라져 버렸기 때문입니다. 정부에서는 낮 기온이 평년보다 높았던 지난겨울의 이상 기후로 인해 본능적으로 밖으로 일을 나간 꿀벌들이 큰 일교차 때문에 귀소 하지 못한 것으로 예상하며 정확한 이유를 조사 중에 있습니다. 이 소식에 놀란 국내 다른 지역의 양봉인들은 겨우내 쉬고 있던 꿀벌들을 예정보다 더 일찍 깨워야 했죠.

꿀벌 군집 붕괴 현상 (Colony Collapse Disorder, 줄여서 CCD)이라는 말을 들어보신 적이 있나요? 벌에 관심을 가지신 독자분들이라면 이런 소식 한 번쯤은 접해 보신 적이 있을 것입니다. 원인을 알 수 없는 이유로 꿀벌들이 벌통을 버린 채 흔적도 없이 사라지는 현상으로, 2006년 미국의 양봉가에서 처음으로 이 현상이 보고된 이후 꾸준히 이러한 꿀벌 군집 붕괴 현상이 기록되고 있습니다.

꿀벌이 사라지고 있습니다. 매년 유럽과 미국 등지에서는 적게는 20%에서 많게는 약 60%의 꿀벌이 꿀벌 군집 붕괴 현상 이외에도 다양한 이유로 죽거나 사라지고 있습니다. 과학자들은 이런 꿀벌의 개체 수 감소와 군집 붕괴 현상의 주요 원인으로 전자기파, 유전자 조작 식물, 살충제, 질병 감염, 기후 변화, 외래종 유입, 도시화에 따른 서식지 감소 및 그로 인한 먹이 감소 등

다양한 가설을 제시하고 있습니다. 주로 인간에 의해 발생한 것들이지요.

우리가 코로나바이러스로 인해 어려운 시기를 보내고 있는 것처럼, 꿀벌의 세계에도 이와 같은 치명적인 바이러스들이 존재합니다. 지난 2010년 한국에서는 꿀벌 유충에 발생하는 바이러스 전염병인 낭충봉아부패병의 발병으로 약 90% 이상의 토종벌이 폐사하는 극심한 피해를 입게 되면서 우리의 토종벌은 멸종 위기에 처하게 되었습니다. 설상가상으로 지난 2020년 봄 초에는 예상외의 잦은 비로 꿀벌들이 일을 하러 나가지 못하고, 이상 기후로 인해 꽃들의 개화 시기가 들쭉날쭉해지면서 꿀벌이 제때에 꿀을 모으지 못해 양봉 농가의 꿀 수확량이 역대 최저를 기록했습니다. 이 때문에 요즘에는 토종꿀을 구하기가 하늘의 별 따기만큼 어려운 일이 되어 버렸지요.

어려운 사정은 국내뿐만이 아닙니다. 이 책 〈루미르〉의 저자가 살고 있는 체코는 유럽 엽합 국가 내에서 독일과 폴란드 다음으로 가장 많은 양봉 농가를 가진 나라로, 꿀벌과 양봉에 대한 애정과 전문성이 깊은 곳인데요. 이곳 체코도 같은 해 봄 한국과 비슷한 이상 기후 등의 이유로 50년 만에 처음으로 역대 최악의 흉작을 기록했습니다. 비슷한 시기 프랑스, 독일, 이탈리아를 비롯한 유럽의 양봉가들도 같은 원인으로 흉작의 어려움을 겪어야 했지요.

"꿀벌이 사라지면, 인류도 4년 내에 멸망할 것이다" 알베르트 아인슈타인의 유명한 명언이라고 알려져 있죠. 실제로 그가 이런

발언을 했었다는 공식적인 기록이나 증거는 없지만, 꿀벌과 같은 꽃가루 매개체가 우리 인류에게 얼마나 중요한지에 대해서 만큼은 진지하게 받아들여집니다. 세계 식량의 90%를 차지하는 100대 농산물만 해도 71%는 벌들의 도움으로 열매를 맺고 있기 때문이지요. 꿀벌처럼 꽃가루를 옮겨 주는 곤충들이 사라진다면, 생태계 파괴는 물론이고, 우리의 식탁 풍경은 지금과는 전혀 다른 모습을 하게 될 것입니다.

우선, 우리가 매일 아침 즐겨 마시는 커피부터 마시기 어려워질지 모릅니다. 사과, 배, 오렌지, 딸기를 비롯한 한국인들이 사랑하는 과일 대부분은 자취를 감추거나 값이 천정부지로 솟을 것입니다. 벌들이 하던 수분 작용을 사람이나 기계가 일일이 손이나 붓으로 털어가며 해야 할 테니까요. 캘리포니아의 유명한 특산물 아몬드의 경우에는 꿀벌의 수분 의존도가 매우 높은 작물입니다. 이 때문에 아몬드꽃이 개화하는 시기에는 미국 전역의 양봉 벌들이 아몬드 농장에 모두 모이는 진풍경이 연출되기도 하지요. 꿀벌뿐만이 아닙니다. 이 책에서도 잠시 소개하는 털이 보송보송 통통하고 귀여운 호박벌은 크고 맛있는 토마토와 참외, 호박 등의 열매를 맺는데 결정적인 역할을 하기 때문에 우리 농가에서 과일과 채소의 수분 활동에 적극적으로 활용하고 있습니다.

그 어느 때보다 기후 위기에 대한 심각성이 주목을 받고, 그에 대한 대책 마련이 강조되는 요즘입니다. 지극히 인간

인간중심주의적 사고로 보더라도 우리는 꿀벌과 같은 꽃가루 매개체 곤충과 이들의 건강에 관심과 노력을 기울여야 합니다. 이것이 우리 아이들과 다음 세대들을 위할 수 있는 가장 경제적이고 합리적인 방법이기 때문입니다.

이 책은 체코에서 온 양봉곰 루미르가 꿀벌의 생애와 양봉, 계절에 따라 벌들이 좋아하는 꽃들, 꿀벌과 비슷한 다른 귀여운 곤충 등을 소개하는 어린이와 어른 모두를 위한 동화책입니다. 독자분들이 이 책을 통해서 양봉과 꿀벌의 흥미로운 세계를 발견하셨으면 좋겠습니다. 벌들은 예상외로 우리 일상 가까운 곳에서 무대를 펼치고 있습니다. 건물 옥상, 공원, 농장, 도로 옆 갓길, 꽃밭 등, 향기로운 꽃들이 있는 곳이면 어디든 날아가 꿀과 꽃가루 모으기에 여념이 없지요. 여러분이 어느 화창한 봄날 꽃 위를 이리저리 바쁘게 옮겨 다니는 벌들을 보게 되었을 때, 놀라거나 무서운 마음이 들지 않았으면 합니다. 대신에, 이 책을 떠올리며 반갑고 고마운 마음으로 이들을 따뜻하게 바라볼 수 있기를, 자연이 주는 아름다운 풍경을 즐길 수 있기를 꿀벌을 연구하고 곤충을 사랑하는 사람으로서 희망합니다.

2022년 1월 31일
프라하 생명과학대학에서 벌을 연구하는,
이샛별

작가. 아네타 프란티슈카 홀라소바

저는 1985년생으로 체코 플젠의 라디슬라브 수트나르 디자인 예술 대학에서 일러스트와 그래픽을 전공한 그림책 작가입니다. 다섯 살 요세핑카와 한 살 알베르트의 엄마이기도 하지요. 우리 집에는 강아지 라샤와 고양이 찰스 다윈도 살고 있답니다. 저는 캐릭터를 만들고 스토리를 창작하는 것을 정말 좋아해요. 눈에 띄지 않는 주변의 풍경을 관찰하고 평범한 순간들을 이야기로 만드는 걸 즐긴답니다. 또 분위기에 맞는 색상을 선택하고 그 색들을 조합하는 일은 저에겐 언제나 멋진 모험이에요.
'양봉곰 루미르'는 저의 첫 데뷔작이에요. 한국 독자분들이 이 책을 읽고 꿀벌과 꿀에 대해 조금 더 친근해지기를 바라요.
꿀은 면역력에 매우 좋고, 무엇보다 먹으면 기분이 아주 좋아지니까요.

옮긴이. 스타쇼바 박효진

한국외국어대학교 체코·슬로바키아어 학과를 졸업했다. 졸업 직후 체코로 옮겨와 프라하에 가족을 꾸리고 통역과 번역을 하고 있다. 체코 문학이 이중 번역을 거치지 않고 본연의 매력을 유지하면서 한국에 소개될 수 있는 기회가 많아지도록 실력있는 번역가가 되기를 꿈꾼다. 〈숲으로 간 루푸스〉를 번역했다. 책을 모으는 것을 좋아하고 작고 하얀 진돗개 햇살이를 키운다.

감수. 이샛별

체코 프라하 생명과학대학교에서 농화학 박사 과정 중에 있으며, 꿀벌의 건강과 수명에 영향을 끼치는 대사물 분석에 관한 연구를 하고 있다. 최근 국제 학술지 〈Insects〉에 1H NMR 이용한 여름꿀벌과 겨울꿀벌의 체내 대사물 차이 분석에 관한 연구 논문을 게재하였다.

at|noon books

정오의 따사로움과 열정을 담은 그림책을 만듭니다.

꿀의 모든 것

초판1쇄 인쇄일 2022년 03월 15일
초판1쇄 발행일 2022년 03월 31일

글·그림	아네타 프란티슈카 홀라소바	펴낸곳	Atnoonbooks
옮긴이	스타쇼바 박효진	출판등록	2013년 08월 27일 제 2013-000257호
감수	이샛별	주소	서울시 마포구 연남로 30
교정	문정화	홈페이지	www.atnoonbooks.net
펴낸이	방준배	인스타그램	atnoonbooks
디자인	BBANG	유튜브	yt.vu/+atnoonbooks
편집	정미진	이메일	atnoonbooks@naver.com

ISBN 979-11-88594-19-1 07890

이 책의 글과 그림의 일부 또는 전부를 재사용하려면 반드시 저작권자의 동의를 얻어야 합니다.
© Atnoonbooks, 2022, Printed in Korea.

정가 16,500원

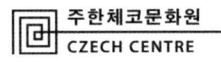  

이 책은 주한체코문화원과 체코문화부, 프라하 생명과학대학의 도움을 받아 제작하였습니다.